Ediciones Ekaré

Superhéroe

LUCAS GARCÍA

Para Gabriel y Yamila

Edición a cargo de María Francisca Mayobre
Dirección de arte: Ana Palmero Cáceres

Segunda edición, 2017
© 2016 Lucas García, texto e ilustraciones
© 2016 Ediciones Ekaré

Av. Luis Roche, Edif. Banco del Libro, Altamira Sur.
Caracas 1060, Venezuela

C/ Sant Agustí, 6, bajos. 08012 Barcelona, España

www.ekare.com

ISBN 978-980-257-365-3 · Depósito Legal lf15120158001671

Impreso Barcelona por Comgrafic

Índice

1 ... 5

2 ... 9

3 ... 13

4 ... 17

5 ... 21

6 ... 25

7 ... 29

8 ... 35

9 ... 39

10 ... 45

11 ... 49

12 ... 53

13 ... 57

14 ... 63

15 ... 69

16 ... 73

17 ... 77

Superpalabras • 81

Antes de llegar al colegio le digo a mamá que el profesor Octavio es un extraterrestre.

—¡Ay, Gabriel!

—¡Pero si viene de otro planeta, mamá!

El profesor Octavio mide como tres metros de alto y cuatro de ancho. Se pone de lado y se agacha para poder pasar por la puerta. Tiene unos brazos como troncos y los dedos de las manos gordos como salamis.

—Sospecho que está preparando una invasión a la Tierra —le digo a mamá.

—Bien por él. ¿Cómo te va a ti con el examen de matemáticas? ¿Estás estudiando?

Yo no he abierto un libro.

—¡Uy, mamá! —le respondo—. ¡Si vieras cómo estudio!

Las matemáticas son mi kriptonita, esa piedra verde cuya radiación es lo único que afecta a Superman. Se dobla todo, parece que le hubiese caído mal el almuerzo y pierde los poderes. A mí me pasa igual con las matemáticas.

Las radiaciones de un triángulo escaleno me provocan como vértigo. Tú me dices «propiedad distributiva» y me empieza a picar el cuerpo.

—Mamá —le digo con seriedad—, ¿te parece responsable mandar a tu único hijo con unos invasores alienígenas?

Mamá suspira.

—Mira, si te dan clases y aprendes tus materias, por mí que sean de Marte.

Vi una película en la que un chico como yo descubría que su profesor de deporte era en realidad un extraterrestre. El profesor tenía una máscara que ocultaba su verdadero rostro, que por cierto era como esos canelones horribles que prepara papá, pero con ojos.

—Es en serio, mamá, no estás haciendo tu trabajo. No está bien mandar a tu único hijo rumbo a un trágico destino...

—Mira, Gabriel, aquí el único trágico destino es la nalgada que te estás buscando...

En la película el chico avisaba a medio mundo y nadie le creía hasta que empezaba la invasión. Después no hacían sino quejarse. La ciudad saltaba en pedazos, platillos voladores lanzaban rayos por todos lados. ¡Hasta al pobre gato lo evaporaban!

—Lo que digo, ma, es que podríamos pensar en mudarnos a otro colegio... por si las dudas, ¿no?

—¿Ah, sí?

—Sí, y lo mejor sería antes del examen de matemáticas, para no perder el tiempo, ¿me entiendes?

Pues no me entiende y me deja frente al colegio.

—Nos vemos al mediodía, hijo. Y por el amor de Dios no le digas a tu profesor que viene de otro planeta, ¿OK?

En el patio estornudo y mis anteojos vuelan por el aire.

Es el frío. A veces caen en el morral de uno que se llama Fermín y otras en el pelo de Aroa, una niña del curso, de la que quiero ser amigo. Hoy aterrizan a los pies del profesor Octavio.

—Va a poner estas gafas en órbita, don Gabriel —me dice el profesor devolviéndomelas—. ¿Estamos constipados?

—Es que me dan alergia los extraterrestres.

—¿Cómo dice?

—Que ¡ay, qué día más frío este!

Me mira de reojo muy feo. El corazón me late con fuerza, siento como una banda de rock en el pecho. Lo bueno es que me entra un poco de calor.

Un chico que se llama Santi me da un codazo.

—¡Extraterrestre! —murmura riéndose—. ¡Me matas, tío, me matas!

Subimos a clase. Yo vuelvo a estornudar, pero esta vez logro agarrar los anteojos.

¡Cómo apestan! Son la razón cuatro en mi lista de «Por qué este año es el peor de mi vida».

Este año me han pasado tantas cosas espantosas que al final he tenido que hacer una lista. Sobre todo para mostrársela a mamá, que no se lo cree cuando se lo cuento.

Hay muchas razones en la lista: los anteojos, irse de Caracas, no ver más a mis amigos de toda la vida, despedirme de mis abuelos, olvidarse de la playa (aunque mamá dice que aquí también hay, pero no son lo mismo, tienen pinos).

En fin, un montón de cosas que han convertido mi existencia en un «mundo de adversidades», igual a uno que vi en un cómic de Superman, donde no le funcionaban los superpoderes y había cantidad de aliens come gente. Y así me pasa a mí, pero sin los aliens come gente. Aunque cuidado, ¿eh? Este año aún no se acaba.

El caso es que la lista no hace sino aumentar y con el colegio ni te cuento. El colegio es una fábrica de cosas apestosas que funciona las 24 horas del día.

Entro en el salón esperándome lo peor y entonces al profesor le da por cambiarnos de puestos. «Ahí viene otra», es lo único que pienso.

—Siéntese por acá, don Gabriel.

Y me pone justo al lado de Manuel, que sonríe con esos dientes todos torcidos que tiene.

—¿Cómo vamos, Ricitos de Barro? —me dice.

Manuel es el número dos en la lista.

11

Mis dos némesis son Manuel y Maximinio.

Un némesis es tu archienemigo, tu más grande adversario, tu principal antagonista. Esas fueron las palabras que usó papá, pero como no las entendía me mostró un cómic de Batman y señaló al Joker.

Entendí que es el tipo que te hace la vida imposible.

Desde que llegué a este colegio Manuel la tiene agarrada conmigo. Que si sueno muy cómico, que si no entiendo cómo hablan aquí, que si mi pelo parece lana de oveja despeinada. No sé de dónde sacó lo de Ricitos de Barro, pero me llama así todo el tiempo.

—Es que tiene envidia de tus rulos —dice mamá.

—¡Pues si ese retoño de xenófobo te vuelve a decir así, tienes mi permiso para estamparle una! —exclama papá.

—¡Emilio! —le reprocha mamá.

Ni idea de lo que es «xenófobo».

Estamparle una a Manuel no está fácil. Me saca unas cien cabezas y, la verdad, me da miedo. Tiene muchísimas pecas que parecen salpicones, unos dientes torcidos que rechinan y huele como el jamón cuando se queda mucho rato fuera de la nevera.

Maximinio es como yo, pero al revés: usa anteojos, que no se le caen porque tienen esas patas odiosas de astronauta que se pegan por detrás, dice palabras rarísimas, pero Manuel no se mete con él y es un hacha en matemáticas. Es el ayudante del profesor en sus planes para amargarme la existencia.

Hoy, por ejemplo, el profesor me hace pasar al frente para que haga un ejercicio. Yo ya empiezo a marearme. Parece que hubiese estallado una bomba de números en la pizarra.

—¿Tendrá la respuesta para hoy, don Gabriel? —me pregunta el profesor Octavio después de un rato.

—Ahora no sé, profesor, pero en la tarde seguro que se me ocurre algo...

—Preferiría resultados durante el horario escolar, don Gabriel. Tal vez don Maximinio sería tan amable de ayudarnos al respecto...

—¡Está chupado, profesor! —dice Maximinio y resuelve aquella ensalada de números en un santiamén.

El profesor Octavio me asigna más problemas para resolver en casa.

—Así aprovecharemos su horario vespertino, don Gabriel —me dice.

Ni idea de lo que es «vespertino».

15

En el recreo me acerco hasta unos chicos de tercero que están jugando al fútbol.

—¿Puedo jugar? —les digo.

—¿Sabes ser portero?

—Soy un experto.

Es uno de mis muchos poderes. Digo que soy experto y lo que sea que haga me sale a la perfección.

En el juego no me meten ni un gol, una cosa en verdad impresionante, pero los anteojos se me salen volando y le caen en el ojo a Yago. Nos ponemos a discutir si es falta o no y, como dicen en la televisión, los ánimos se caldean. Yago le da una trompada a uno de mi equipo que le dice llorón y se arma una trifulca.

Se suspende el partido y me voy a jugar al pilla-pilla con unos compañeros.

—¿Corres muy rápido? —me pregunta uno.

—Soy un experto.

Acelero como un cohete y rompo varios récords, una cosa que la ves y no puedes creértela, pero sin querer le doy un pisotón a un chiquitín que se llama Froilán. La verdad es que le dejo el pie como una mortadela y hasta una profesora de segundo me regaña. Se me prohíbe indefinidamente jugar al pilla-pilla. No me queda otra opción que ir a los columpios a jugar con las niñas.

Les pregunto a Aroa y a una que se llama Patricia:

—¿Me puedo montar?

—¿Subes muy alto? —pregunta Aroa.

—Soy un experto.

Y empiezo a columpiarme que ni el hombre mono. Una cosa de lo más estratosférica, chico. Pero entonces, justo cuando estoy allá arriba, me acuerdo de que a mí no me gustan las alturas.

Aroa me parece una hormiguita rubia y el mundo una pelota de ping pong. Las manos se me vuelven de mantequilla y salgo volando.

—¡Qué fenómeno! —le oigo decir a Aroa.

Los poderes son así: van y vienen cuando les da la gana.

Cuando hablo por Internet con Tomás, mi mejor amigo de Caracas, acá es de tarde y allá es de mañana.

—Qué raro —me dice Tomás.

—Es que estoy en una dimensión paralela —le respondo.

Una dimensión paralela es un lugar igual a donde estabas pero a la vez diferente. En un cómic de la Liga de la Justicia había una dimensión paralela donde todos los que aquí eran superhéroes allá eran villanos. Hasta Batman, que tiene una mente prodigiosa, acababa todo enredado con el fenómeno porque en la dimensión paralela lo ayudaba el Joker y el hombre murciélago no entendía nada.

Mudarse de país es la razón uno en mi lista de «Por qué este es el peor año de mi vida». Nos fuimos de la ciudad donde vivía y dejé a mis amigos en la otra escuela.

Cuando hablo con Tomás yo acabo de almorzar y él apenas se está desayunando. Allá hace un calor que no te lo crees y aquí un frío que te tambaleas.

Le cuento del profesor Octavio, que tiene los brazos tan peludos como si se los hubieran envuelto con una alfombra. De Manuel, que es mi némesis. A Tomás, en cambio, le tocó este año una profesora a la que le gusta que la llamen Cristinita y no lo pasa al pizarrón, y tiene de nuevo amigo a Sahid, un niño que entró después de que yo me fuera, y que lo ayuda con las tareas.

—¡Y yo aquí —me lamento—, atrapado en la dimensión paralela!

Tomás cree que exagero, pero las pruebas son contundentes.

—Hasta las palabras tienen otra personalidad –le explico.

—¿Cómo es eso?

—Aquí «tripa» no es que algo está bien sino tu estómago o tu barriga. «Vale» lo usan para todo y no es como «tú» o «chico», sino que significa «bien» u «OK». Ah, y «tío» no es el hermano de tus papás, sino todo el mundo.

—¿Todo el mundo?

—¡Hasta yo soy un tío! ¡Tú también puedes ser un tío!

A lo mejor Tomás viene el año que viene a visitarme. A mí un año me parece una eternidad.

—Vente este fin —le digo.

Le pregunta a su mamá, pero ella le dice que hay que tomar un avión, cruzar el océano Atlántico, viajar de un continente a otro.

—¡Y además es muy caro! —concluye la mamá.

—¿Y por qué no se teletransportan? —le digo—. Los de la Liga de la Justicia tienen un rayo teletransportador que los lleva en un santiamén desde el cuartel general a la base en órbita terrestre. Lo único que hacen es pasar un suiche como el de la luz.

Tomás le pregunta a su mamá si se pueden teletransportar para acá este fin y ella le dice que no.

—Lo siento, tío —me dice Tomás.

Hace un par de semanas mamá llamó a una asociación que ayuda a los animales y nos trajeron a una perrita que recogieron en la calle. Está tan flaca que puedes tocarle las costillas como una marimba y tiene la cola fina como un pelo. Se llama Yacaré.

La cuidamos y alimentamos, gana fuerzas y un día noto un poder en ella. Los poderes son así: hay que estar pendiente porque pueden surgir de las cosas menos pensadas.

—Esa perra no se llama Yacaré —le digo a mamá.

—¿Ah, no?

—Qué va, se llama Lulú.

—¿Ah, sí?

—Ya vas a ver. ¡Ven aquí, Lulú!

Y Lulú se levanta de donde está y viene sonriendo.

Creo que es bastante obvio que Lulú es una perrita mutante y estaba en la calle porque se había escapado de un laboratorio secreto.

Yo vi en la tele un caso igual. Un perro que podía hablar con su amo, un chico como yo, y las palabras del perro sonaban en la cabeza del amo con eco y todo. ¡Qué mal la pasaba ese perro! Parece que a los perros telépatas los persigue el ejército con unos helicópteros.

—Esto es *top secret*, mamá.

—¿*Top* cómo?

—¡Que no se lo puedes decir a nadie o se nos mete el ejército en la casa, mamá!

—Ni Dios lo quiera, hijo.

A mí me pasa así con Lulú: yo pienso «siéntate» y Lulú se levanta, come, muerde un juguete en forma de salchicha que le compramos, me ladra, hace pipí en los periódicos, sube al sofá y se sienta.

¡Pura telepatía!

Yo la miro fijamente y no se mueve.

—¿Se puede saber qué estás haciendo con esa perra, Gabriel Jesús? —me pregunta papá.

—Control mental —le digo.

Yo le pongo a Lulú los libros de matemáticas y juego videojuegos. Así estudia y me pasa los conocimientos mientras yo mejoro mi marcador.

—Pero bueno, Gabriel, ¿y ahora qué estás haciendo con esa perra? —me pregunta otra vez papá, que no puede dejarme quieto.

—Transferencia telepática —respondo.

Papá apaga el juego y me pone a estudiar. Dice que es un «escéptico» en cuanto a eso de la transferencia telepática.

Lulú lo mira con mala cara. Ella tampoco sabrá lo que es «escéptico», pero piensa lo mismo que yo.

Apesta.

En ciencias hacemos grupos y me toca con Santi y un chico que tiene un apellido que me da mucha risa: Cebollada.

Cebollada es muy nervioso. Se come las uñas y se la pasa pendiente del equipo de al lado, que es el de Maximinio. Si ellos hacen un esquema de las raíces, Cebollada dice:

—¿Tenemos esquema? ¿Dónde ponemos el esquema?

Cebollada le pone el libro en las narices a Santi y le dice como si hubiese visto a un fantasma:

—¡Escríbelo como en el libro! ¡Escríbelo como en el libro!

—Bájale dos, Cebollada —le digo.

—¿Que baje adónde?

—¡Córtate un poco, tío! —le dice Santi.

Esa es una de las muchas expresiones que yo no entiendo muy bien. Por si las dudas, guardo las tijeras lejos de Cebollada.

Yo me encargo de las ilustraciones del trabajo, que va de los tubérculos, los bulbos y los rizomas. Si me lo preguntas, es un tema un poco ñoño.

—¡Tenemos que meterle acción! —les digo a los muchachos.

Le dibujo unos tentáculos a una remolacha.

—¡Qué chulo! —dice Santi—. ¡Parece un Kree!

Los Kree son los malos contra los que luchan *Los Vengadores*, que es una de las películas favoritas de Santi. Y resulta que el tipo es un experto en superhéroes. Pero un experto en serio, una cosa así como el Gran Maestro de los cómics, un fenómeno mundial, sin exagerar.

Mira todo lo que se sabe:

Los nombres de los integrantes de las distintas formaciones de Los Vengadores (que son como cien, porque están desde Pantera Negra hasta Visión y cada año quitan o ponen a uno nuevo).

Cómo se murió y revivió Superman (que es más enredado que las telenovelas que ve mi abuela). ¡A los pobres papás de Superman se les aparecían cuatro supermanes diferentes y se confundían todos!

La lista de los archienemigos del Flash (que son muy locos: hay un gorila que habla y quiere ser presidente de la Tierra y un tipo muy tonto que se llama el capitán Boomerang. ¡El capitán Boomerang, por favor!).

El nombre del metal que recubre las garras de Wolverine (adamantiun, que no hay que ponerlo en los exámenes porque es de mentira, no existe).

Santi se sabe hasta el nombre del martillo de Thor.

—Mjolnir —dice.

—Salud —le responde Cebollada viendo el reloj y se pone todo nervioso otra vez—. ¡Se va a acabar la clase! ¡Y vosotros perdiendo el tiempo con esa tontería de Los Vengadores!

—¡Qué dices, tío! —se mosquea Santi—. ¡Si es la mejor película del Universo!

—¿Y qué tiene que ver con los rizomas, tío? —se desespera Cebollada.

—Deprisa —dice Maximinio asomándose a mirar mis dibujos—. Se acaba el tiempo.

—¡Se acaba el tiempo! —gime Cebollada.

Termino los dibujos mientras Santi escribe. El profesor Octavio se detiene en la mesa de al lado y oigo a Maximinio que le dice:

—Debería verlos a ellos, profesor, que están muy interesantes.

Yo me concentro para que un rayo atraviese el techo y disuelva a Maximinio en una nube de partículas subatómicas, pero no pasa nada.

Los poderes son así: no les gusta disolver a la gente en una nube de partículas subatómicas.

El profesor Octavio señala los colmillos de vampiro espacial que le he pintado a un cebollín y me mira. Levanta una de esas cejas que tiene tipo cepillo de lustrar zapatos.

—Es para meterle más acción, profesor —le explico.

Cebollada parece que se va a desmayar.

Llevo una arepa de merienda y Manuel me la quita de las manos.

—¿Qué es esto? —pregunta gritando—. ¡No es un bocata ni una empanada!

Cuando juego a la peonza con Julián, Manuel pasa caminando y le da una patada.

—¡Es que no la vi, Ricitos de Barro! —dice con esos dientes tan torcidos suyos—. ¡Es muy pequeña, como tú!

Manuel llega y me arrebata de un tirón un cómic de Namor El Submarino que Santi me ha prestado.

—¿Y este tío respira bajo el agua? —dice hojeando las páginas y poniendo los ojos bizcos—. ¿Acaso se cree sardina?

Cuando se lo cuento a mamá, me dice que si Manuel vuelve a molestarme debo decírselo a un profesor. Papá piensa que lo mejor es dejarlo noqueado de un buen golpe.

—¡Emilio! —le dice mamá.

—¡Ese niño se las está buscando todas para que le den! —exclama papá.

Mamá aboga por las soluciones pacíficas, pero la verdad es que a mí me encantaría dejarlo turulato. Me imagino estampándole una a Manuel que lo saca del sistema solar.

Pero lo cierto es que entre mis variados poderes no está la superfuerza. Los poderes son así: a veces no están.

En el colegio Santi me dice que podría hacer como Batman, que es una persona como cualquiera, pero hace ejercicios a tope y se pone «cachas», como le dicen acá a los tipos musculosos. A mí me parece una buena idea y hago la prueba unos dos días.

—Hice quince abdominales —le cuento a Santi.

—Se me hace poco, tío.

—Bueno, le dije a mamá y me compró unas vitaminas.

—¿Y ya tienes superfuerza?

—Superfuerza no, pero me estoy poniendo radioactivo.

—¿Radioactivo?

—Yo creo: me sale pipí anaranjado.

Pero lo de la radioactividad no sirve. ¡No puedo hacer pipí sobre mis archienemigos!

Santi dice que hay otras formas para conseguir la ansiada superfuerza.

—Daredevil fue atropellado por un camión de uranio cuando era niño. Se quedó ciego, pero ganó sentidos sobrehumanos... ¡y profundos conocimientos de kung fu!

—¡Yo no quiero que me pise un camión de uranio, Santi!

—No debe ser muy agradable.

Lo piensa un poco y me dice:

—¿Revisaste si vienes de otro planeta y eres el único descendiente de una raza de seres superpoderosos?

Santi me dice que debo preguntarles a mis padres si me encontraron en un cohete de bebé y guardaron el secreto por mi propio bien.

Cuando llego a casa le pregunto a papá si soy adoptado.

—¡Claro que no, hijo!

¡Qué decepción!

Este miércoles los padres se reúnen con el profesor Octavio en el colegio para ver cómo vamos con las materias. Es un fastidio y si llego a agarrar al que se le ocurrió esa idea, lo disuelvo en una nube de partículas subatómicas.

Acompaño a mamá a la escuela y me quedo esperándola en el patio con Lulú. Aroa llega al rato, le dice «hola» a Lulú, que sonríe y le da una pata.

—Es que es telépata —le digo a Aroa.

—Pobrecita, ¿ya la llevaste al veterinario?

Le explico lo de los poderes. Le aclaro que esto es *top secret*, por aquello de los helicópteros, pero a Aroa eso de no hablar no le va.

—En mi familia hay mogollón de poderes —asegura—. ¡Nos salen a punta pala!

Los ennumera con los dedos de la mano: tiene un abuelo que está de mal humor desde hace cuarenta años.

—¡Eso no es un poder! —le digo.

—¡Pues mi abuela dice que es increíble! —me responde.

Tiene un tío que se llama Joaquín, que se asoma por la ventana y es capaz de saber si va a llover. Dos primos, por parte de su madre, que pueden ponerse a eructar durante media hora, uno detrás del otro, como si cantaran una canción. Un padrino que es más grande que el profesor Octavio y reparte bombonas de butano cargándolas él solo de hasta cuatro a la vez.

—Hasta Mermelada tiene poderes —me dice Aroa.

Mermelada es el gato de una de sus tías, y le pusieron ese nombre porque tiene la pelambre anaranjada como la mermelada de naranjas. Cuando Mermelada se enfurece, camina en dos patas.

—Eso es de mutante —le digo—. Tiene que venir del mismo laboratorio que Lulú.

—¡Qué va! Lo que pasa es que está chalado y se cree que es gente.

—¿Y tú no tienes poderes?

Aroa coge aire y se sopla el flequillo.

—Mamá dice que hablo hasta por los codos. ¿Eso cuenta?

Pues podría ser. Los poderes son así: a veces son medio desesperantes.

Un rato después sale mamá y nos vamos. Yo estoy preparado para lo peor y mis temores se confirman cuando me cuenta que el profesor Octavio le ha caído muy bien.

—¡Ya te lavó el cerebro! —le digo.

41

Lavar el cerebro no es que lo saquen del cráneo y lo pulan con detergente. Es la forma en que los genios del mal hacen creer lo que les da la gana a sus víctimas. ¡No es para nada bueno!

Mamá me cuenta que he salido bastante bien en la evaluación. El profesor Octavio dice que tengo una imaginación «desbordada».

—¿Viste? —le digo—. ¡Ese señor me detesta!

Yo le había explicado a mamá que tenía que decirle al profesor Octavio que no me diera más matemáticas. Como he decidido que de grande voy a dedicarme a la lucha contra el crimen, lo mejor será aprender cosas útiles. Kung fu, escalar edificios y el uso de rayos láser, por ejemplo.

—¿Le dijiste lo del kung fu? —le pregunto.

—No tocamos ese tema.

—¡Te hipnotizaron, mamá!

Cuando llegamos a casa, papá pregunta cómo he salido en la evaluación.

—¡Un fracaso rotundo! —le digo—. ¡A mamá la han hipnotizado! ¡Se pasó a las fuerzas del mal!

—Bájale dos, Gabriel Jesús.

—¡Se dice «córtate un poco», papá!

Me mandan al cuarto por contestón.

Otra razón para mi lista de «Por qué este es el peor año de mi vida».

Estoy cambiando barajitas (aquí les dicen cromos) de Pokémon con Santi y Froilán, y Manuel se las quita a Santi de la mano. Santi se pone todo rojo, Manuel me mira mientras se escarba los dientes amarillos con la barajita de mi amigo.

—¿Qué hay, Ricitos de Barro?

Y no sé lo que me pasa, en verdad, pero es como si la boca me empezara a funcionar sola.

—¡Tú me dirás, Dientes de Sarro! —le respondo.

Manuel arruga la frente.

—¿Estás buscando pelea?

—¡Tu aliento de chigüire me marea!

—¿Qué es eso de chigüire?

—¡Que eres bruto por donde se mire!

De verdad me quiero callar, pero no hay manera.

Manuel tira las barajitas al suelo y cierra los puños.

—¡Cállate o te pego, enano!

—¡Dice el de los sobacos de marrano!

Manuel se me lanza encima, pero yo me escapo corriendo. Me persigue por el patio, con las pecas de la cara alborotadas.

—¡Te voy a partir los dientes!

—¡Dice el de los feos presidente!

Hay un árbol en el patio y de alguna manera acabo subido a una rama. Manuel está abajo, pero no puede encaramarse. Parece un perro ladrándole a un gato.

—¡Bájate de allí!

—¡Tienes las pecas color de pipí!

—¡No me digas eso!

—¡Qué chiquitos tienes los sesos!

Estoy muy asustado, pero empiezo a reírme. No puedo controlarme. Casi no puedo hablar de la risa. Manuel da brincos de la rabia. Grita desesperado:

—¡Te voy a reventaaaaar!

—¡No te paran los pies de apestar!

—¡Baja de alliiiiiií!

—¡Pecas color de pipiiiiií!

La rama cruje. Me doy cuenta de que se va a romper, pero sigo riéndome.

Y riendo me caigo.

Caerse de un árbol tiene cosas malas y cosas buenas.

Lo malo es que duele un rato. Me sale un morado en la nalga que primero se pone amarillo y luego agarra como un color berenjena.

La buena es que le caigo en la cabeza a Manuel y lo aplasto como a una cucaracha. ¡Paf!

Bueno, en realidad no lo convierto en una mancha viscosa, pero sí le pego una buena noqueada. En el patio todos me ven asombrados, una cosa en verdad heroica.

Yo me paro sobre Manuel todo mareado y con mi trasero adolorido, pero con esa pinta que tienen los cazadores de leones en África. «¡Qué maravilla!», pienso muy orgulloso al ver a mi archienemigo derrotado.

Eso sí, al profesor Octavio no le parece para nada una maravilla.

—¡Ay, don Gabriel! —suspira cuando me pasa los anteojos y ayuda a levantar a Manuel.

Manuel está atontado y empieza salirle un chichón. Se pone a llorar. En la Dirección le ponen yodo en la cabeza.

Yo cada vez que lo veo me acuerdo de cómo le he aterrizado encima (¡paf!) y me entra la risa.

—Tendremos que llamar a sus padres —dice el profesor Octavio con voz seria.

Aunque, si no lo conociera, diría que también sonríe, mientras nos sienta en la Dirección. Pero eso no puede ser, es imposible: ¡ese señor no se ha reído en su vida!

Yo me retuerzo en la silla porque es muy incómoda y de verdad me duele una nalga.

Manuel murmura, como desinflado:

—Me la vas a pagar...

—Con el trasero en la cabeza te voy a volver a dar... —digo yo, sin poder contenerme.

Me da mucha risa. Parece que Manuel se va a poner a llorar, pero al final también se ríe un poco.

—Veo que le ha encontrado una utilidad a sus aptitudes verbales, don Gabriel —dice el profesor Octavio mirándonos de reojo.

¡Aptitudes verbales!

Después averiguo que eso tiene que ver con mi capacidad para decir frases requeteocurrentes, ¿eh?

Los poderes son así: a veces uno no sabe que son poderes.

Tomás dice que cada vez hablo más raro. Yo no me doy cuenta.

—Tal vez me están lavando el cerebro —le digo—. O podría ser un efecto secundario de mis aptitudes verbales.

—¿Tus qué?

—Es un superpoder.

Le cuento que gracias a las aptitudes verbales le aterricé en la cabeza a Manuel.

Eso y mi velocidad supersónica, mi poder arácnido para trepar por las paredes, mi fuerza atómica, mi agilidad sobrehumana...

—¡Gabriel! —me dice mi mamá medio ofuscada—. ¿Por qué no le cuentas a Tomás del regañón que recibiste en la escuela?

—Esa versión apesta, mamá...

La directora me montó un pollo que ni veas, luego el profesor Octavio me dejó sin recreo como por dos siglos.

Mamá estuvo hablando con la mamá de Manuel, y parece que no estaba muy contenta de que a su hijo le aterrizaran en esa cabezota de melón que tiene.

—¡Es que esa señora es muy bruta! —dice mi papá.

—¡Emilio!

—¡Pues quién le manda a criar a ese retoño de Atila!

Entiendo que Atila es el papá de Manuel y no debe ser un señor muy simpático.

—La señora sabe que el niño tiene problemas —explica mamá—. El profesor Octavio les habló del *bullying*.

—¿*Bullying*? —pregunta papá—. ¿Así lo llaman ahora? En mi época a ese niño le hubiéramos llamado...

—¡Ay, Emilio! —lo interrumpe mamá—. Ahora esas cosas se hablan. Tienen tratamiento.

—Tratamiento el que le hizo Gabo. Un buen tortazo para quitarle lo sobrado.

—No es tratamiento, papá, es mi fuerza atómica.

—Fuerza de gravedad será, hijo —suspira mamá—. Le caíste como un mango maduro de ese árbol.

—Fuerza de gravedad, fuerza atómica —dice papá—, no importa. Lo que importa es la fuerza del tortazo.

—¡Ay, Emilio!

Yo sigo hablando con Tomás. Resalto lo de mi poder arácnido. Subirse a un árbol en segundos es muy difícil.

—A lo mejor —le digo a Tomás— de pequeño me mordió una araña radioactiva y por eso tengo esta agilidad sobrehumana.

—Mamá, ¿no sabes si me mordió una araña radioactiva de pequeño?

—Arañas, no sé —dice mamá—, pero aquella vez en la playa te pusieron rojo los zancudos.

—¡Los zancudos de la playa! —se acuerda papá—. ¡Esos sí eran radioactivos!

A Tomás le da mucha risa lo de «pecas color de pipí».

—Esa se la voy a soltar a Rosa Elena —dice.

Rosa Elena era una compañera en el colegio de Caracas que es muy fastidiosa.

—¡Usted no le va a decir nada de eso a Rosa Elena! —oigo que dice la mamá de Tomás, quien tiene un oído que ni la mujer biónica.

Y es que las madres tienen también superpoderes, pero no mucho sentido del humor.

En el colegio programan un paseo al acuario.

—¿Tú has ido antes? —le pregunto a Santi.

—Me llevó mi madre. Es muy chulo. Parece una nave espacial.

Eso no me gusta nada porque la idea ha sido del profesor Octavio. Se lo cuento a mamá cuando le entrego el permiso ese que tienen que firmar los padres.

—Está claro que es una instalación alienígena disfrazada y nos van a suplantar por clones —le digo—. No irás a firmar eso, ¿verdad, mamá? ¡Ya verás cuando se aparezca aquí el clon!

Ni se lo piensa. Me entrega la nota firmada.

—Si arregla su cuarto y estudia —me dice—, no estaría mal tener un clon un rato por acá, ¿eh?

Cuando llegamos al acuario dejo que todos entren primero y reviso los alrededores. No veo naves espaciales, pero nunca se sabe. Le digo al profesor Octavio:

—Usted primero, profesor.

—¿Le preocupa algo, don Gabriel?

—Acabar clonado en una nave espacial.

—¿Perdón?

—Que no quiero perderme nada de este viaje especial.

—¡Haga el favor de entrar!

En el acuario hay de todo. Mantarrayas, peces payaso, erizos, pulpos. Todo huele a piscina y a pescadería.

Vemos unos caballitos de mar, que son las monturas de Aquaman para viajar por las profundidades oceánicas.

—¿Ese es el que se pasa en el agua todo el día? —pregunta Aroa—. ¡Debe de estar arrugadísimo!

—Y debe ser muy pequeño —digo decepcionado viendo el tamaño de los caballitos.

Santi me dice que no sea burro, que los caballitos de mar de Aquaman son más grandes.

Nos asignan una guía que se llama Nerea. Es muy alta y le veo como un bigote, así que le pregunto de todo para cerciorarme de que no venga del mismo planeta del profesor.

—¿Y cómo se llama ese pez?

—Es un mero, peque.

—¿De qué son esas piedras?

—Se llaman corales, peque.

—¿Para qué sirve ese botón?

—Es el de la luz, peque.

Hay un tiburón que se llama Tigre y ronda en su tanque de agua con pinta de malas pulgas.

—Come doscientos kilos de pescado a la semana —nos explica Nerea.

—Seguro que el aliento le huele peor que a Manuel —dice Yago como mirando al techo.

Nos reímos todos menos Manuel, quien la verdad no está muy hablador últimamente.

Maximinio aprovecha todo el tiempo para decir cosas sobre los peces que vemos. Que si las ballenas son de la familia de los cetáceos, que si los peces ponen huevos como las gallinas, que si los delfines son en realidad mamíferos.

—¡Uy, cuánto sabes, peque! —le dice Nerea, admirada.

«¡Otra extraterrestre!», pienso.

Dibujamos algunos de los animales que hemos visto. Cebollada se pone muy nervioso y no para de preguntarles a Nerea y al profesor si esto va a «caer» en los exámenes.

Yo dibujo un pulpo con veintiséis tentáculos que lanza rayos por la boca.

—Los octópodos no lanzan rayos, Gabriel —me dice Maximinio.

—¡Pero si esto es un pulpo!

Me concentro para que unas ondas teletransportadoras lo envíen a Urano de inmediato, pero no pasa nada.

¡Ah, los poderes!

En el almuerzo les cuento a mis padres el paseo.

—No te clonaron —dice papá.

—¡Porque estuve muy pilas! —le digo señalando el plato con las sardinitas fritas—. Pásame los cetáceos, por favor.

En un principio, cuando empiezo a leer las preguntas del examen de matemáticas, parece que no hubiese estudiado nada. La mente se me queda en blanco y hasta me cuesta escribir mi nombre. En mi futuro se vislumbra un cero como una arepa.

Hago que estornudo y voy a buscar mis anteojos. Le echo un vistazo al examen de Julián a ver si pillo algo, pero Julián tiene cara de que le hubieran pisado un dedo.

—¡Échame un cable, tío! —me susurra Julián desesperado. Tampoco ha escrito nada.

¡Otra víctima de las radiaciones matemáticas!

He dejado a Lulú en casa al lado del libro de matemáticas, así que cierro los ojos y telepáticamente le digo a Lulú que me pase unas respuestas. Espero un rato...

Pero lo único que me viene a la cabeza son las croquetas en forma de chuleticas que le encantan a Lulú.

—¿Sufriendo de tortícolis, don Gabriel? —me pregunta el profesor Octavio.

Me ha pillado con el cuello estirado, intentando ver qué ha puesto Aroa. Vuelvo a acomodarme y leo nuevamente las preguntas. Me suda todo el cuerpo. Aquello parece escrito en chino.

O en extraterrestre. A lo mejor es el comienzo de la invasión interplanetaria del profesor. ¡Y yo que he dejado el rayo desintegrador en la casa porque mamá me dijo que mejor era traer la cartuchera!

Resoplo, me abro el cuello de la camisa, sacudo la cabeza para aclarar ideas.

—¿Cómo va con la prueba, don Gabriel? —pregunta el profesor.

—¡Esto no lo contestan ni en su planeta! —digo.

—¿Disculpe?

—Que ¡pasar este examen es mi meta!

Santi se ríe por lo bajo.

—¡Planeta, planeta! —murmura—. ¡Me matas, tío!

Le pido que me dé una respuesta, pero está muy ocupado riéndose. No hay duda de que esto voy a tener que enfrentarlo solo, así que tomo aire y me concentro.

Comienza entonces una batalla sideral.

Un combate con fórmulas e incógnitas que atacan en ejércitos de miles y millones y con los que yo peleo, respondiendo con sumas y restas, rayos láser de diámetros y radios, pulsos atómicos de paralelepípedos.

Una cosa en verdad épica.

—Don Gabriel —me dice suspirando el profesor—, admiro su ahínco a la hora de contestar, pero ¿podría dejar de hacer ruidos de explosiones? Desconcentra a sus compañeros.

Me faltan un par de respuestas. Tengo a Maximinio al lado, pero siempre escribe pegado a la mesa como si se durmiera sobre ella, los brazos alrededor de su hoja sin que se pueda ver nada.

—¡Maximinio! —le susurro—. ¡Tienes una araña en la espalda!

Se levanta de golpe, agitándose como si le metieran corriente. Le copio una pregunta.

—¿Qué ha pasado, señores? —pregunta el profesor.

—Gabriel me dijo que tenía una araña en la espalda.

—¿Don Gabriel?

Yo le explico al profesor que pudo haber sido un espejismo. Paso mucho calor en los exámenes y veo cosas.

—¿Y de casualidad no ha visto un «suspendido»? —me dice con ese ceño de gigante que tiene todo fruncido.

Se acaba lo de las arañas.

Y también se acaba el tiempo. Al rato el profesor nos indica que debemos ir entregando.

Salimos del salón espantados. El examen ha estado dificilísimo.

—¡Estoy muerto! —se lamenta Cebollada—. ¡Muerto!

—Tengo un primo que hizo una prueba así de pequeño —le comenta Aroa a Patricia—. ¡Perdió todo el pelo, tía! ¡Se quedó calvo a los ocho años!

—Ha estado chupado —dice Maximinio con esa sonrisita insoportable. Todos lo miramos con cara de odio menos Santi, que se ríe de no sé qué cosa de los benditos triángulos escalenos.

Yo lo de «chupado» no lo acabo de entender. Aquí le dicen así a lo que te sale fácil, sin problemas. Y, de verdad, lo único chupado en todo esto ha sido mi cerebro. Lo han exprimido y le han sacado hasta la última gota de conocimiento.

Le digo a Santi que aquello ha sido como cuando El Mandarín le robó toda su sabiduría a Iron Man con aquel rayo neuronal.

—Bueeeeno —dice Santi—, tampoco es que hubiese mucha sabiduría que robarte, ¿no?

—¡Ey! —le digo—. ¡Córtate un poco... tío!

Tomás se molesta porque ya no lo llamo tan seguido.

—Mi vida es muy complicada —le explico—. Esto de los poderes es agotador.

Hay que mantener una identidad secreta y nadie puede enterarse. Cuando el Duende Verde se enteró de la identidad secreta del Hombre Araña, la agarró con sus seres queridos. Como el Hombre Araña es huérfano, le tocó a su tía. ¡Qué mal lo pasaba esa viejita! Por la noche se levantaba a tomarse un vaso con agua y el Duende Verde le dejaba una bomba debajo de la almohada.

Pero con Tomás no hay problema, así que puedo contarle.

—Anteayer en el parque, por ejemplo, chuté tan fuerte que noqueé al portero. ¡Parece que tengo una pierna biónica y no lo sabía!

—Eso y que no le avisaste a ese niñito antes de patear —dice mi papá—. ¡La abuela casi nos mata! ¡Cómo gritaba esa señora!

—En esta casa no quieren admitir que soy un cyborg —le digo a Tomás.

Tengo muchas obligaciones. Vigilo al profesor Octavio para que no invada la Tierra y en los recreos mantengo una enconada lucha contra las fuerzas del mal.

—¿Cómo es eso?

—Defiendo a los débiles, chico.

—¿Los de tu clase?

—Esos están bien, pero en tercero tengo a unos pichones de supervillano en la raya.

Tomás no está muy convencido y, para ser sinceros, la profesora de tercero tampoco, así que me manda al otro patio todo el tiempo y acabo jugando al fútbol y a lo de los Pokémon con Santi, Julián y Cebollada.

—Y tengo que estar muy pilas, no vaya a ser que Maximinio me lance un ataque sorpresa.

—Ay, Gabo, ¿otra vez con ese pobre niño? —se queja mamá desde la cocina—. ¡Si le hicieras caso a las tareas tanto como a ese muchacho ya estarías en la universidad, mi amor!

—¿Lo ves? —le digo a Tomás—. ¡Ya empezó a hipnotizar a mamá! Lo voy a fulminar con un rayo de protones.

Eso lo estoy buscando en Internet, pero hasta ahora nada. ¡Qué suerte tiene Maximinio!

Tomás me cuenta que mis amigos de la escuela de Caracas se acuerdan siempre de mí y le preguntan cómo es mi vida acá en Galicia.

A mí eso me provoca algo en el pecho. No es que me duela, pero me recuerda cuando me caí del árbol.

—Te extrañamos mucho —me dice Tomás.

En la pantalla parece que estuviese aquí mismo y no en otro país, a miles de kilómetros de distancia.

—Yo también, chamo —le digo con la boca salada.

Los últimos días de clases tienen unas cosas buenas y unas cosas malas.

Las buenas son, por supuesto, que se acaba lo de ir al colegio. Pronto no habrá que levantarse temprano, ni ver la cara peluda del profesor Octavio ni saber nada de las benditas matemáticas.

Las malas son que ya no voy a ver tan seguido a Santi, Aroa y los otros chicos, aunque hemos quedado para vernos en el parque.

Pero lo más nefasto, lo más terrible, lo peor de lo peor, es que entregan las calificaciones.

Ese día el profesor Octavio te las da en unos sobres que, en sus manos, parecen estampillas.

A Santi tampoco le gusta mucho.

—¡Es como cuando el Sr. Fantástico abre el sello del Cubo Cósmico —me dice— y la energía espacial lo manda a la Zona X!

Yo me imagino en la Zona X. Es un sitio como un desierto, donde se la pasan cayendo rayos y tormentas, el viento ruge y se suceden temblores y sacudidas.

¡Y eso no va a ser nada en comparación con cómo se va a poner mamá si me suspenden!

Yo no quiero ni tocar ese sobre. Cuando por fin llega el día, el profesor pasa por el salón repartiéndolos a cada uno. A mí me parece que ese señor ha crecido aún más y cuando se para a mi lado parece un edificio. Su voz me llega como desde muy lejos.

—Sus calificaciones, don Gabriel.

Me tiende el sobre y yo no lo agarro.

—¿Qué le sucede?

—Me da miedo abrirlo.

—No le va a pasar nada.

—¿Aprobé?

—Confío en que así sea, don Gabriel. No sé si podría aguantar otro año en su compañía.

—¿Cómo?

—Que verlo aprobar sería para mí una gran alegría.

El profesor Octavio me da una palmada en el hombro y me guiña el ojo. Deja el sobre en el pupitre y avanza.

El último día del curso se celebra con una merienda y un inflable en el patio. A mí me parece una buena idea y no entiendo por qué no lo hacen todos los días.

—No estudiarían nada —me explica mamá.

—¡Exacto! —digo yo—. ¡Sería genial!

Pero mamá no le ve lo genial.

Le digo que tenemos que hablar de algún premio por mi destacado desempeño académico.

—Bueno —dice ella—, ¡tanto como destacado!

Pasé matemáticas por los pelos, pero no salí tan mal en las otras materias. Parece que sacar buenas notas no es un superpoder que pueda adquirirse sin estudiar.

Los superpoderes son así: a veces hay que hacer cosas muy fastidiosas para obtenerlos.

—Creo que tengo una idea mejor que un premio —dice mamá—. Podemos ir a visitar a tus abuelos.

—Los abuelos están en Caracas, mamá.

—Pues nos vamos para allá de vacaciones.

Es una buena noticia. Podré ver a Tomás y a mis amigos y ver a Santi y Aroa por el Internet desde otra dimensión paralela. ¡Qué complicado!

—¡Guay! —le digo a mamá—. Pero tenemos que volver cuando empiecen las clases.

—Qué aplicado...

—La lucha contra el mal no acaba nunca, mamá.

El próximo curso tendremos a una profesora que se llama Maribel. Tiene unos anteojos enormes que le reducen los ojos al tamaño de dos puntos y el cabello rizado como si todo el tiempo tuviese el dedo metido en un enchufe. Ha traído unos huevos con manchitas para ponerlos en una incubadora, en el laboratorio del cole, y así ver cómo empollan cuando regresemos de vacaciones.

—¿Vamos a seguir con lo de los extraterrestres, hijo?

—La profesora Maribel no es extraterrestre, mamá.

—¡Gracias a Dios!

—Pero es una científica loca, ¿ah? ¿Tú tienes idea de lo que va a salir de esos huevitos?

Mamá hace esa soplada por la boca que le mueve el pelo en la frente y me deja en la entrada.

—Prométeme que no te vas a poner a decir por allí que tu profesora es una científica loca, Gabriel.

—¿Ni siquiera a Santi? ¿Qué clase de amigo soy si no le advierto de una amenaza mortal, mamá?

—¡Mortal va a ser el castigo que te va a salir, Gabriel Jesús!

Lo único que sé es que en tres meses, cuando salgan velociraptors gigantes de esos huevos, van a acordarse de mí.

Extraterrestres:

Que no son de acá, de nuestro planeta, sino que vienen de otro. A veces son buenos y otras malos. Superman, por ejemplo, es de otro planeta y es bueno, pero Brainiac, que era del mismo planeta (pero un cyborg) era malo y nomás llegaba a la Tierra comenzaba a incordiar.

Invasión a la Tierra:

Pasa todo el tiempo, aunque mamá dice que exagero. Pero hay un cuento, que se llama *La guerra de los mundos*, que escribió hace rato (1898) un señor que se llamaba H.G. Wells, en el que los marcianos llegan a invadirnos y se arma una que ni te cuento. Al final una gripe acaba con ellos, porque parece que en Marte estaban muy avanzados, pero no habían descubierto la aspirina.

Kriptonita:

Es una piedra que le quita los poderes a Superman. Son los restos de su planeta natal, Kriptón, que explotó. La más conocida es la kriptonita verde, pero hay de otros colores (roja, azul, morada) que afectan a Superman de diferentes formas: se pone malo, cambia físicamente, se le trastornan los poderes. Un fastidio, pues.

Superman:

El primer superhéroe de la historia de los superhéroes. Apareció en un cómic creado en 1932 por los señores Jerry Siegel y Joe Shuster. Al principio no volaba, pero podía saltar un edificio de un solo brinco. Era «más rápido que una bala y más fuerte que una locomotora». Y no, una locomotora no es una señora demente con un motor, es un tren. ¡Yo también me confundí!

Radiaciones:

Lo busqué en Wikipedia y dice que es la propagación de energía en forma de ondas electromagnéticas o partículas subatómicas. Ellos sabrán. Para mí eran esas líneas curvadas que salían de la kriptonita en los cómics o lo que quedaba después de que le tirabas una bomba atómica al cuartel de los supervillanos.

Invasores alienígenas:

Invadir un planeta no se hace solo, se necesita a alguien que lo haga: esos son los invasores alienígenas. Son los extraterrestres que acaban invadiendo. Y lo de extraterrestres ya lo expliqué antes. El que no lo leyó es un flojo.

Platillos voladores:

Son las naves en las que viajan los extraterrestres. Como tienen forma de platos, los llaman platillos, y como vuelan, pues voladores, claro.

Némesis:

Es tu peor enemigo y como tu contrario exacto. Es una palabra que viene del griego, de una diosa que se llamaba así, porque era de la venganza y la justicia retributiva. Una señora de cuidado, ¿eh? Así me lo explicó papá. En los cómics todos los superhéroes tienen su némesis: Superman a Lex Luthor, Batman al Joker, el Hombre Araña al Duende Verde, Iron Man al Mandarín y así... yo a Maximinio. Son un fastidio y siempre andan complicándole la vida a uno.

Archienemigo:

Es tu peor enemigo. Es como el némesis y como ese ya lo escribí me da flojera repetirlo, así que a leerse el de Némesis.

Batman:

Es mi superhéroe favorito: se disfraza de murciélago, está superentrenado y es muy pilas. Lo creó un señor que se llama Bob Kane en 1939. Es muy amigo de Superman, aunque a veces se pelean porque Batman cree que es muy ñoño.

Joker (se dice así y no Guasón):

Es el archienemigo de Batman. Es como un payaso pero loco y malo (aunque para ser sincero a mí los payasos ya de una no me gustan). El tipo está todo loco porque se cayó a un tanque de productos químicos y la cara le quedó como estirada y sonriente, como el comodín (joker) de las cartas.

Dimensión paralela:

En los cómics aparecen muchas veces. Son otras realidades donde existen mundos como el nuestro pero con diferencias. Hay dimensiones paralelas donde los superhéroes han envejecido, o nunca existieron o, peor aún, son los malos. En una dimensión paralela yo puedo ser presidente, o ser el papá de mi papá o ser un dinosaurio que habla. Sí, suena loco y complicado.

Liga de la Justicia:

Es un grupo que reúne a varios superhéroes. Ha habido muchas Ligas de la Justicia diferentes a lo largo de la historia, pero a mí la que más me gusta es la que tiene a Superman, Batman, la Mujer Maravilla, Linterna Verde, Flash y el Detective Marciano.

Rayo teletransportador:
Lo vi en una película vieja y Superman tiene uno también. Es un rayo que cuando te pega te puede mandar a otro lugar de una, e incluso a una dimensión paralela. A mí me gustaría tener uno para visitar a mis amigos en Caracas, pero no lo consigo en Internet para que me lo compren. Papá dice que no existe, yo creo que es porque no quiere gastarse la plata en eso.

Telépata:
Es una persona que puede leer los pensamientos de otra mente. En los cómics de los Hombres X es un poder que tienen el Doctor Xavier y Jean Grey, por ejemplo. Seguro que es muy bueno para los exámenes. Mi perra también lo tiene, pero es porque es una mutante.

Kree:
Son unos invasores extraterrestres que aparecen en las aventuras de los cómics de la editorial Marvel. En la película eran unos tipos feos y en estos también, pero en los cómics son peores porque pueden modificar su aspecto y hacerse pasar por cualquiera. Como el profesor Octavio, aunque mi mamá dice que no es así. Las madres son muy malas a la hora de identificar invasores extraterrestres, ¿eh?

Los Vengadores:
Es otro grupo de superhéroes, como la Liga de la Justicia, pero de la editorial Marvel. También han tenido muchas agrupaciones distintas pero a mí la que más me gusta tiene a Iron Man, el capitán América, Ojo de Halcón, el Hombre Hormiga y la Avispa y a Hulk.

Pantera Negra:
Es un superhéroe que crearon Stan Lee y Jack Kirby en 1966. Es el primer superhéroe negro y es presidente de una nación en África. A veces trabaja con Los Vengadores y es muy amigo de los 4 Fantásticos.

Flash:
Es un superhéroe que corre cantidad. Le dicen el hombre más rápido de la Tierra. Tiene un poder que me gusta, que es que mueve sus moléculas a supervelocidad y puede atravesar objetos sólidos. Fue creado por Gardner Fox y Harry Lampert en 1940. Siempre está echando broma y obtuvo sus poderes cuando le cayó un rayo en su laboratorio. Esa debe ser una manera bien dolorosa de ganar superpoderes.

La Tierra:

Pues nuestro planeta, donde vivimos, el tercero cercano al Sol en el sistema solar. O eso nos dijo el profesor Octavio, que de planetas debe saber un montón porque viene del espacio exterior.

Capitán Boomerang:

Es uno de los archienemigos de Flash, que la verdad son muy cómicos. Este no tiene superpoderes, pero lanza los boomerangs muy bien. La verdad es que no suena muy temible, aunque parece que cuando se pone fastidioso de verdad es un problema.

Wolverine:

Es uno de mis superhéroes preferidos. Lo crearon Len Wein y John Romita Jr. en 1974 y apareció primero peleando con Hulk (¡qué loco hay que estar para pelearse con Hulk!). Es miembro de los Hombres X, pero se la pasa armando bronca todo el día. Tiene un poder que me gusta mucho: la capacidad de curarse de cualquier herida de inmediato. Le salen unas garras de los nudillos que cortan un montón, así que hay que tener cuidado al darle la mano.

Adamantiun:

Es el metal más duro de la Tierra y recubre los huesos de Wolverine, haciéndolo prácticamente indestructible. Pero no existe en la vida real, lo cual es un fastidio.

Thor:

Es el dios del trueno vikingo. Lo que pasa es que Stan Lee y Jack Kirby hicieron una versión en cómic en 1962 para la editorial Marvel. Tiene un martillo con el que vuela, lanza rayos y truenos y machaca malucos, pero, la verdad, no sirve para clavar clavos porque es muy grande. Como el martillo es mágico solo lo puede usar Thor. El resto del mundo, no importa si se es el hombre más fuerte del universo, no puede ni levantarlo.

Mjolnir:

Es el nombre del martillo de Thor. Se escribe así, pero que ni me pregunten cómo se pronuncia porque cuando lo intento lleno todo de saliva.

Namor El Submarino:

Es un personaje de cómic que, como Aquaman, vive en el fondo del mar. Fue creado en 1939 por Bill Everett. Aparece mucho en los cómics de los 4 Fantásticos y hasta quería ser novio de la Chica Invisible. Tiene unas alas en los pies con las que puede volar. Eso para mí no tiene el menor sentido: ¿para qué se necesitan alas bajo el agua?

Daredevil:

Es un superhéroe muy especial porque es invidente, no puede ver. Lo que pasa es que en el mismo accidente en el que perdió la vista le cayó una sustancia radioactiva que magnificó mil veces sus otros sentidos y le dio también una especie de radar con el que percibe de todo. Lo crearon Stan Lee y Bill Everett en 1964.

El Mandarín:

El archienemigo de Iron Man. El tipo tiene unos anillos con diferentes poderes y está empeñado en quitarle a Iron Man todos sus inventos. Y sí, lo de los anillos tampoco suena muy temible, pero lanzan rayos, borran la mente y explotan cosas, así que no hay que confiarse.

Iron Man:

Es un personaje que está con Los Vengadores y a mí me gusta porque construyó una armadura increíble con la que vuela, lanza rayos, tiene superfuerza y habla por radio. En los cómics la carga en una maleta. ¡Cómo debe pesar esa maleta! Lo crearon Stan Lee y Jack Kirby en 1963.

Hombre Araña:

Es un superhéroe creado por Stan Lee y Steve Ditko en 1962. Es un chico como uno, pero lo muerde una araña radioactiva y adquiere poderes arácnidos. No se la pasa tan bien. Su mejor amigo es su archienemigo, siempre atacan a su tía, que es una viejita bien simpática, la pobre, y anda en tensión todo el tiempo porque se lo pasa salvando a todas sus novias. Demasiado estrés para mi gusto.

Duende Verde:

El némesis de El Hombre Araña. Es un tipo que se toma una fórmula que lo vuelve loco y anda por ahí disfrazado de diablo y lanzando bombas con forma de calabaza. Lo peor es que había todo un misterio con su identidad y cuando por fin le quitaron la máscara se descubrió que era Norman Osborn, ¡el mejor amigo de El Hombre Araña! ¡Qué fuerte!

Cyborg:

Mitad robot, mitad humano. A mí me gustaría ser cyborg para tener, por ejemplo, un brazo biónico con el que darle unas buenas trompadas a Manuel de vez en cuando y tener una calculadora en la cabeza que me ayude en los exámenes de matemáticas. Pero cuando fui al pediatra me dijo que no se podía.

85

Gatúbela:

Es una villana de las aventuras de Batman que a veces no es tan mala y lo ayuda. La verdad es que no se sabe muy bien cuándo va a ayudarte y cuándo va a echarte una broma. Yo le pregunté a papá y me dijo riéndose que con las mujeres nunca se sabe y mi mamá le pegó un coscorrón. Al final no me aclaró nada.

Sr. Fantástico:

Es el líder de los 4 Fantásticos, un grupo de superhéroes que crearon Stan Lee y Jack Kirby en 1961. Después de sufrir un accidente en el que son afectados por una radiación espacial en un vuelo de prueba, los 4 Fantásticos ganan sus superpoderes: el Sr. Fantástico puede estirarse como un chicle, la Chica Fantástica puede volverse invisible y hacer campos de fuerza, su hermano Johnny puede convertirse en una antorcha humana y volar, y el último, Ben Grimm –la verdad, es quien sale mal porque se transforma en la Mole–, es un gigante de piedra más feo que el profesor Octavio.

Cubo Cósmico:

Es un objeto que aparece en los cómics de Marvel y hace cantidad de cosas, como afectar la materia y generar una energía increíble. Todo el mundo se lo pelea porque cada vez que cae en malas manos le hace la vida imposible a Los Vengadores, los 4 Fantásticos, los Hombres X y hasta al gato. Se supone que no es real, pero si de casualidad uno llega a encontrárselo, hay que hacerse el loco y arrancar corriendo.

Jack Kirby y Stan Lee:

Son dos autores de cómics que juntos y por separado fueron los creadores de un montón de superhéroes: los 4 Fantásticos, los Hombres X, Iron Man, Pantera Negra, Thor, Los Vengadores y pare de contar. Kirby era el que dibujaba y Stan Lee hacía los textos.

Zona X:

Es una dimensión paralela que aparece en los cómics de Superman. Se usa para mandar a los malos y es como una especie de prisión. También la llaman la zona fantasma. Debe ser como el colegio pero peor, ¿no?

Lucas García

Nací en 1973. No he sido bañado por rayos gamma
ni tengo un gen mutante, más bien soy miope
y me canso mucho en las subidas.
He leído muchos cómics y me gusta mucho dibujar,
así que eso debería contar como superpoder, ¿no?
Me parece que usar capa podría ser interesante,
pero lo de los calzoncillos por fuera no le queda
bien ni a Superman.